U0712422

YUANDIAN
TONGSHUGUAN

原典
童书馆

南来寒 主编

牛仔麦克林的
圣诞之旅

[美] 欧文·威斯特 /著

[美] 弗雷德里克·雷明顿 /绘　陈村 /译

浙江少年儿童出版社·杭州

岁月为经典而停留

何谓"原典"？原典，是一种文化的源头，是未经修饰、未经诠释的最原汁原味的文化本源。一段时间以来，儿童图书市场被一些任意篡改的所谓"经典"所占据，大师作品在拙劣的"剪刀加糨糊"式"改编"下，变得面目全非；先辈们的崇高智慧也在不断"重述"中被屡屡扭曲，而失去了本真。如何正本清源，将孩子们与最优秀最精髓的原典文化连接起来，让大师们智慧的光芒照亮孩子稚嫩的心田？

我们一直在想，我们该为孩子们做点什么……

我们能做什么呢？

就是把最好的童书送给我们的孩子。

那什么才是最好的童书呢？

当然是将巨匠们的作品原貌重现。

于是，在我们的不懈努力下，《原典童书馆》终于结集出版，它将让童书大师们在百年之后，再次走近孩子们，站在他们的桌旁，或坐在他们的床边，将他们的唯美故事娓娓道来。

在这套《原典童书馆》里，孩子们不仅会看到《爱丽丝漫游奇境》《彼得·潘》《格林童话》和《伊索寓言》等他们耳熟能详的经典名著，还将有幸欣赏到首次引进中国大陆的《牛仔麦克林的圣诞之旅》《南瓜头和珍珠》和《误入仙境的桃乐丝》等名家作品。其中，《南瓜头和珍珠》和《误入仙境的桃乐丝》的主人公更是来自孩子们深深喜爱的弗兰克·鲍姆的《绿野仙踪》系列（即《奥兹国仙境奇遇记》系列）中。大师们的手笔，时而让孩子们惊心动魄，时而又让孩子们捧腹大笑，而贯穿始终的，是让孩子们受益无穷的浓浓的人生智慧。

更值得期待的是，在这套《原典童书馆》中，孩子们除了会被一个个世界顶尖文学大师的卓绝想象力所惊艳外，还将欣赏到"现代插画之王"亚瑟·拉克汉姆的原版手绘插画，领略他那奇幻玄妙并充满创造力的创作风格；更会被"美国图画书之父"威廉·华莱士·丹斯洛笔下的那一个个古灵精怪的人物逗得哈哈大笑；另外，"奥兹帝国的插画家"约翰·内尔将会不动声色地把孩子们带入爱丽丝误入的那个奇境中，陪她一起身临其境地去冒险……总之，精彩不断，惊喜不断。这套《原典童书馆》毫无疑问会成为给孩子们的童年留下珍贵记忆的阅读经典。

在这个夏天里，就让《原典童书馆》化作一股清凉的风，将这些美妙有趣又充满智慧的故事吹进孩子们的心里，就让这些故事陪伴着孩子们，成长为会思考、爱生活，又懂快乐的人。

我们说过，一定要把最好的童书送给我们的孩子，《原典童书馆》践行了我们的诺言！

稻草人童书馆总编辑　南来寒

二〇一六年八月于广州

作者介绍

欧文·威斯特 曾被誉为"美国西部牛仔小说之父"。他1860年出生在美国宾夕法尼亚州费城的一个医生家庭，从小受到了良好的教育和文学熏陶。他从1891年开始创作，著有《弗尼吉亚人》《林·麦克莱恩》《红皮肤和白皮肤》《吉米·约翰老板》等作品。其小说中创造的美国西部牛仔形象备受美国大众的欢迎和喜爱。

弗雷德里克·雷明顿 美国著名画家和作家，擅长美国西部人物肖像绘画，其笔下的牛仔、美国印第安人和美国骑兵形象均栩栩如生。

目　录

第一章

麦克林归来

州长先生一步一顿、磨磨蹭蹭地走下议会大厦的楼梯，时不时低头看手里的清单。从上午开始，他就趁着公事的间歇，不停地用铅笔在上面加上一两个名字。他心不在焉地迈着步子，对着清单一个劲儿琢磨。清单上密密麻麻的名字颇让人头痛，而且随着圣诞佳节的临近，压力与日俱增。

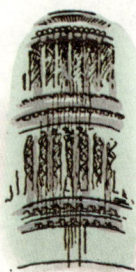

这都是朋友的孩子们，而他作为一个亲切的长辈，有必要给他们准备圣诞礼物。这事儿他已习惯性地一拖再拖，直到今天才开始着手，却依然毫无头绪。他满脑子都是乱七八糟的玩具枪和摇摆木马，刚走到马路上，远处就传来一声亲切的呼唤。他转过身，看到四个牛仔装扮的小伙子正骑着马从郊外往镇上慢跑过来。为首的那个沿着议会大厦的外墙奔近，容光焕发、喜笑颜开。他从马背上下来与他握手，又滑稽地问候了一遍："您好，博士！"

医学博士兼州长巴克已有多年没见着牛仔麦克林了，十分惊喜。他热情招呼了麦克林，问他后面的三个人是谁。

2

麦克林介绍说那几位分别是矮个子肖蒂、白眼睛肖克艾和财迷多乐比，他们是来过圣诞的。"我们来城里逛街，吃热狗。"麦克林说。

"都是老熟人了。"州长先生说。

"我们已经连着赶了十二周的路，"麦克林接着说道，"风餐露宿，整天吃干面包，早就馋着煎牛扒和小母牛肉，想好好大吃一顿。"他带着充满野性的自信，沉湎于对美妙假期的期待，神采飞扬，喋喋不休。

"外面的风景让人厌倦，"牛仔粗鲁地总结道，"月光和牛屎我们已经看腻，得好好放松一下。"

"欢迎随时来我这儿，"州长先生愉

3

快地说，"我家里啥药都有，你再把哪儿弄伤的话都管治。"

"我可不再是当年那个愣头青了，"麦克林申辩道，"我变成熟了，博士，比起多年前在'落雨吧'弄伤腿遇见您那会儿，我都长了多少岁了。喝上三四杯就走人，这是我的原则。"

看矮个子肖蒂，白眼睛肖克艾和财迷多乐比一直面无表情地坐在马背上。"这也是你们的原则吗？"州长向他们问道。

"我们光顾着等了，没听到你们聊天。"白眼睛肖克艾刚反应过来。三个家伙都亲切地微笑着。

"好啦，博士，再会。"牛仔麦克林

4

和州长打过招呼，就转身打算和兄弟们一道离开。就在这时，一个念头鬼使神差般闪过州长的脑中。

"你急着干吗去呢？陪我一起走走。"州长热情地邀请道。

"这个……您要去哪儿呢？"

"圣诞采购。"州长说。

"嗯，我正要去喂马。您是说，圣诞采购？"

"是啊，去买些玩具。"

"玩具？您要买玩具？给谁买呢？"

"哦，一些孩子。"

"您有孩子了？"麦克林惊讶地尖叫了一声。

州长先生快活地咧开嘴笑了。他是

5

个单身汉，而他的名单上却足足有十五个孩子。他把名单举到麦克林的眼前："很高兴告诉你，不是我的孩子，是我的朋友们的，他们一个个都结婚成家了，这些孩子管我叫叔叔，见了面就围着我转个不停。我若是忘记了他们哪个的名字，或是把男孩记成女孩，他们的母亲就会生气。唉，如果我圣诞节不给这些小家伙买礼物，他们就该奇怪了——孩子们倒不会在意，他们光顾着破坏玩具，而他们的妈妈会郁闷——巴克先生这是怎么了？州长巴克把我们忘了吗？——压力真大呀！"说着，州长对着麦克林苦笑了起来。

但牛仔却没有笑。巴克先生滔滔不

绝的时候，麦克林睁着眼睛愣愣地看着他，淡褐色的眸子深处，嬉笑之情逐渐消失。

"这就是我的压力，你瞧，我有两方面的熟人要打理，我亲爱的病人们和我忠实的选民们。每家我都得关照，尤其是妻子和妈妈们，她们是主角。这个孩子要送只鼓，那个孩子要送个娃娃，还有棋、带轮子的羊、猴子爬杆……售货员给我推荐一只机器熊，结果贵得要命。我又忘了法官家的二女儿是叫内莉还是苏西，还有——唉，每年这个时候都焦头烂额！你真幸运，像你这种小伙子是不用为圣诞礼物劳神的。"

牛仔麦克林在脑海里回味着刚才

7

那句话，像是来自遥远地方的回声：
"像你这种小伙子！"他慢慢地对自己
说。他怔怔地看着一个劲儿往前走的
矮个子肖蒂、白眼睛肖克艾和财迷多
乐比，嘴里喃喃地嘀咕着："是啊，当
然。这是个新鲜的主意——圣诞礼物。"
他忆起了多年前那个圣诞节，他得到
的第一条长裤——现在已成了他最旧的
裤子之一。

　　"每年回来一次倒是规律，"州长热
心地说，"如果你是回来给别人买圣诞
礼物的话，算是比较勤了。"

　　"老天！我都有一百年没给人送过
圣诞礼物了，"牛仔恍惚地说，"从没给
任何人送过。我也不知道该给谁送那些

玩意儿。"送礼物这事儿对他来说的确新鲜——一阵凄凉的感觉袭上他的心头。

"乖乖!"巴克先生忽然反应过来,"已经十二点啦。我得赶紧去买礼物了。很遗憾你不能陪我一起去。再会!"

州长先生撇下呆若木鸡坐在马背上的牛仔,忙着采购清单上的礼物去了。他在一家家商店飞速穿梭,搜寻列出的每一样物品,他紧紧攥着那张清单,仿佛它是沉船上的一块木板。究竟是内莉还是苏西?他在脑中不停地冥思苦想。他能预感到,在接下来的一两天内,他还能再想起几个重要名字。忽然,随着一阵急促的马蹄声,牛仔麦克林风一般地赶了过来。州长心不在焉地看着他

纵马从身旁超过，与前面的三个同伴会合，再拐入一条小巷。忽然，州长又想起一个名字，于是边走边添了上去。没过多久，他又来到一家玩具店跟前，却和牛仔麦克林撞了个正着。

"那几个家伙在帮我照看马儿，"麦克林迅速说道，"我们约好一点准时见面，您瞧，这顿美餐我们已经等了十二个星期，我们很久以前就订好了。我想——"麦克林清了清喉咙，声音变得有些不自然，"博士，我可以先陪您逛一会儿——他们总是磨磨叽叽，您知道的。"

州长先生对麦克林忽然改变主意这事儿有些喜出望外，很高兴牛仔可以做

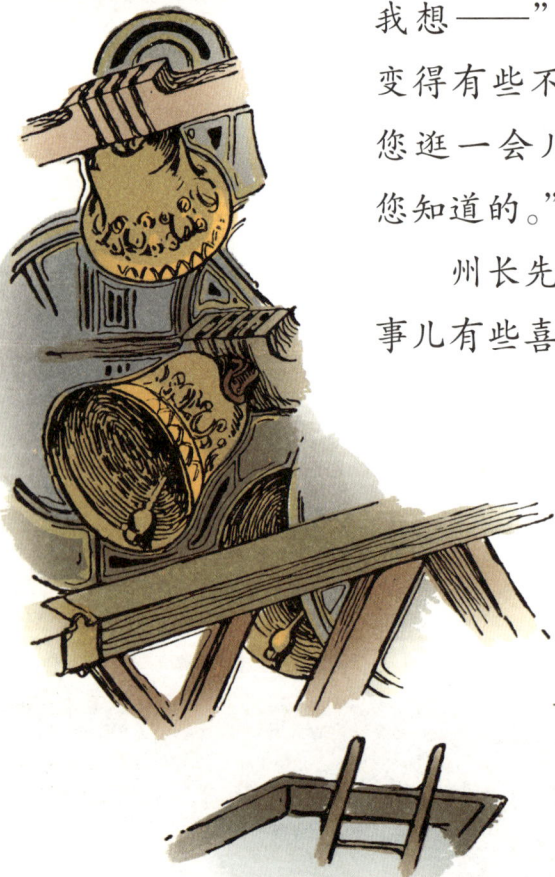

伴，或许他还能帮忙做参考。他脑中迅速闪过一幅画面：自己和牛仔一起在柜台前讨论挑选哪只玩偶更合适。

于是，怀俄明州的州长和这个穿着马刺靴身上叮当响的流浪汉一起，肩并肩挤入熙熙攘攘的人群。在他看来，这样的组合并没什么稀奇，反而让人忆起淳朴、充满希望又热血沸腾的牛仔时代，以及自己昔日充满活力的青春。那是堕落前的天堂，落基山还没有围上铁栏，《独立宣言》也尚未颁布。那时的州长就和麦克林，和那位刚过完三十二岁生日的法官大人一样年轻。那时他在"干骨湾"做医生，就和牛仔熟识，成了忘年交。于是，他把手搭在麦克林高

11

高的肩膀上，拥着他走进了五颜六色的
衬裙和五花八门的玩具中间。

12

第二章

圣诞采购

橱窗里，人群中，处处洋溢着圣诞的气息。虽然夏延市不比大都市那般热闹繁华，街头巷尾却也别有一番节日味。人们纷纷汇在一处，为即将到来的圣诞大肆采购，为亲友和孩子们挑选礼品。人们满面春风地穿梭在彩纸制成的仙女装饰中，货比三家疯狂血拼，再扛着一堆来之不易的战利品喜滋滋地回

13

家，迎接一年一度的盛会。牛仔痴痴瞅着眼前热火朝天的景象，若有所思。大小店铺的圣诞歌声不绝于耳，孩子们叽叽喳喳，挣脱母亲的束缚，兴奋地在柜台前跑来跑去，大胆伸着小手要这要那；在节日采购中偶遇的老熟人们，手里还提着玩具兔子和魔术幻灯，他们匆匆打着招呼，就又匆匆道别，消失在八音盒悦耳的音乐中。

周遭叮叮当当的嘈杂声和各种机器玩具的叫声响个不停，人们在身边来来回回，家人之间的只言片语此起彼伏，有柔情的呼唤，有商量着如何节约，有念叨着亲密的小名，还有的在计划着午饭时间……整个世界仿佛都是由一个个

14

家庭组成：有两三个人走了过来，看样子手头不是十分宽裕，采购的东西一看就是经过精挑细选的廉价品；那个衣着普通的男人刚和熟人道别完毕，他身边的女人就用手挽住他的胳膊，说孩子们一定不会觉得今年的圣诞跟往常有什么不一样。此刻，麦克林本应装着碰巧的样子朝他们走过去，让兜里的钱币炫耀地叮当作响；他应该粗犷而不拘小节地扬手致意，仰头把一杯劣质威士忌一饮而尽，再矜持而昂首阔步地当着他们的面慢跑离开。可现在显然不是时候。牛仔似乎被一种局促不安的情绪控制，无法在此处做出那么洒脱的举动。人们在他身边来来回回地忙碌着，几乎无暇顾

15

及他的存在，他就好像是个透明的游魂。因此，他把自己封锁起来，对所有其乐融融的景象视而不见。而巴克先生则挤到远处的人群中，用心挑选了一些玩具，然后又挤了回来，打算再换个地方继续扫货。他招呼麦克林的时候，发现后者正待在一个角落，直挺挺地站在一幅与真人一般大小的圣诞老人画像旁边，极似一尊面无表情的圣徒像。

"圣诞老人看起来都比你有活力，"州长先生精神饱满地说，"你一定等了很久吧。"

"不、不，应该没有。"牛仔还在沉思。

牛仔的过分礼貌让巴克先生忍不住

16

咆哮起来："你不要那么客气，我认识你很久了。好吧，没关系，现在我想让你给我点儿真正的建议。"

听到这里，麦克林的表情立刻认真起来："那么，博士，您想要什么样的建议呢？"

"一份大礼——大到可以影响我的政治生涯。"

"那是什么？我的意思是，实实在在的礼物，比方车什么的？"

"哦——我收不到的，像我这样的人是不会收到太多礼物的。"

"不会吧？真的吗？"

"是啊，你和圣诞老人不想给我的袜子里塞点儿什么吗？"

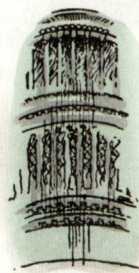

17

"嗯——"

"你不会当真了吧！"州长大人笑道，"太逗啦！"

这事儿真有意思！桀骜不驯的牛仔来到镇上，巴望着找点"大乐子"，发现这儿正流行送圣诞礼物，还得立即给人送点儿什么。噢，天真的、矛盾的牛仔！好心肠的州长想着。"我亲爱的伙计，"他尽可能委婉地说，"我并不想让你为我花钱。"

"我有足够的钱。"牛仔立刻说道。

"钱的多少不是重点。我可以请你喝酒，你想喝多少就喝多少。你不想从我这里要点儿什么吗？"

"不是——不要——"

18

"瞧！你也不想。那你又有什么好得意的呢——我们要去的商店到了。"他们钻进商店，穿过摩肩接踵的人们来到柜台前。"现在，我要给一位非常特别的朋友选礼物。你觉得哪样东西最好？"那儿有一些装帧精美的坦尼森诗集，麦克林一眼就看中了。"这个。"他把粗壮的大手放到了书上，年轻的售货员小姐嫌弃地斥了一声，麦克林讪讪地将手缩了回去。不过，他的品位碰巧还不错，至少和州长英雄所见略同。但是，看到价格之后，他们却有点儿沮丧。

州长凝视着它华丽的封面。"我知道这诗集正是——正是她想要的。"他喃喃地说道。接着，他被什么轻推了一

19

下，回头一看，是麦克林伸出的拳头。他以为麦克林是想表示赞同，于是忧伤地握住那只手，却触到了一疙瘩钞票。州长惊愕地松开手，于是，牛仔可怜巴巴的财产打着卷儿散落在众人面前。"不，不，不！"巴克将它们拾起来，递还给麦克林，忽略自己被冒犯的不悦，强颜欢笑地加了一句："别这样。我已经很感激了。"

"就当是我借的好了——其中的一些。我的现金太多了。"

一阵咯咯的笑声从柜台后面传来，扰乱了他们的谈话。那刻薄的年轻小姐正装作在除尘。州长立刻傲慢地付钱买下了那本昂贵的诗集，牛仔也将皱巴巴

20

的积蓄塞回了口袋。二人匆匆离开书籍区，窘迫的心情方才得以平复。州长也为"担心自己钱太多"的事开起了牛仔的玩笑。他建议给牛仔一份"拖欠纳税人"的列表和最新的人口普查名单，从中挑取贫困人士。他还发誓说他有一些穷困潦倒的病人——"如果你急于摆脱自己财富的话。"州长愉快地说。

"是啊，我是匹年轻的马儿，"麦克林雄赳赳地说，"对二十美元的钞票还不习惯，总害怕看到它们。"

从牛仔的脸上——光看那张滑稽的面孔——人们会认为他是一个无忧无虑的最开朗的流浪汉，他在和州长说话的时候，也总是用最轻松的戏谑口吻。如

21

果有一个好女人，该会猜到他粗犷身体内藏着一个多愁善感的灵魂。俚巴克先生看到的只是昔日熟悉的、异想天开、逍遥自在的那个牛仔，所以说话也口无遮拦。"对了，该给你的妻子也买点儿什么。"州长快活地叫道。

脸色红润的牛仔露齿而笑。他经历了无数的女人，从打情骂俏到露水情缘，对这类话题来者不拒。"那您得把她的大名和地址告诉我，"牛仔胸有成竹地说。

"噢，拉勒米（美国西部城市名）！"州长故意大惊小怪地说。

"唉，博士，"麦克林显得有些不自在，"自从咱们上次见过面之后，那儿

22

的姑娘我一个都还没娶着。”

"那么她也没给你来过信？"州长继续嘻嘻哈哈。麦克林的脸抽搐了一下，情绪立刻低落下来。"哎呀，我可忘不了你和勒斯克，那天……"州长继续说道。

可是牛仔已无力伪装。"您说的是他的妻子，不是我的，"牛仔小声说，笑容不再，"还有，博士，我要对您说一件事，因为您一直是我的好朋友。我永远也忘不了那一天——但也不愿再想起它。"

"我是个傻瓜，麦克林，"州长立刻恢复持重，"我没想到——"

"我知道您不是，博士。傻瓜的不

23

是您。从某种程度上——从某种程度上——"麦克林的话被汹涌的回忆中断。巴克先生看着他沉思的面容，静静候在一旁。"但我也没傻到那种程度，在那事发生之前，"牛仔回忆道，"虽然可能我的做法也确实不太聪明。我知道像我这种人就不该期待天上掉馅饼的。"

州长严肃而直白地说："是的，林。"他情不自禁陷入了沉思。麦克林曾在罗圈镇遇见一个女人，她有着鼓鼓的、红润的脸颊，以未嫁女自居，用的是娘家的姓氏。这就是牛仔对她全部的了解。那天早晨，他将这女人抱到墨西哥马鞍上，跋涉五十英里去拜访地方法官，怀

24

着对未来最美好的憧憬与她成了婚，这是他能力范围内最有诚意的一件事。他那些胡子拉碴的密友们都相信，若不是因为情敌，他决计干不出那种事来。和情敌较量的胜利冲昏了他的头脑，这场婚姻就是个无心之错。"他只是碰巧赶上，未来得及抽身而已。"他们这样解释。这场起源于麦克林冒险精神的意外，成了阿尔卡利方圆几百里的谈资。而有关新婚丈夫的笑话只维持了很短一段时间，在之后的几周，他尝到了一生中最苦涩的滋味，明白了女人的厉害，知道一旦女人出手，男人就会在劫难逃。在他多年的清白毁于一旦之后，他才懂得了这一点。但他表面上依然沉着

25

平静，这使得夏延市见过这对新婚夫妇的人们自作聪明地乱嚼舌根，说这样的男人就是会喜欢这样的女人。在他的忍耐快到极限的时候，这女人名叫勒斯克的前夫毫无征兆地出现了。

在一个周日，勒斯克大摇大摆、带着一副宽恕的嘴脸、醉醺醺地出现在夏延的大马路上。那女人当众挽着他的手，跟着他离开了，将新丈夫麦克林抛弃在众目睽睽之下。直到那时，夏延的人们才知道，这女人已断断续续做了八年的勒斯克夫人。所有人都大笑不已，麦克林也只能报以苦笑，然后继续忙自己的事儿。他已做好在一切必要时候自我调侃的准备，以掩盖内心的伤痛。当

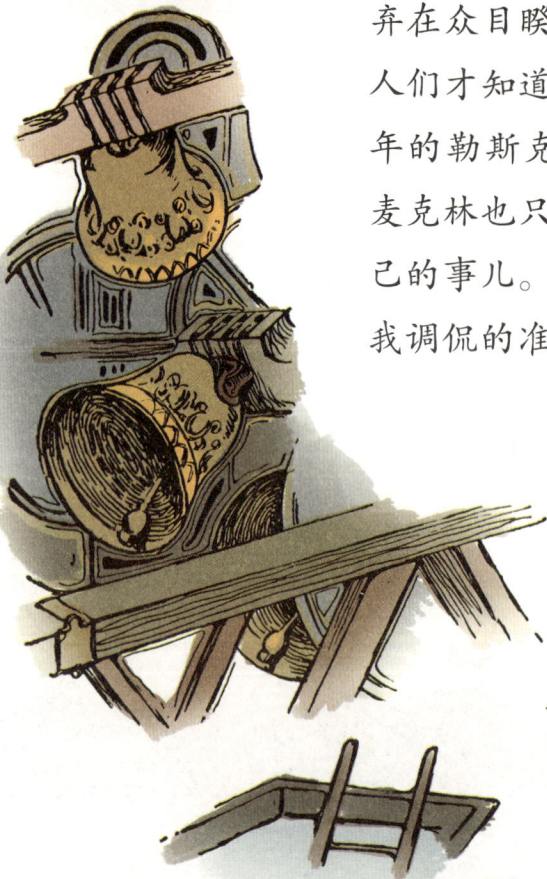

26

然，这事很快就被人淡忘了，在他所在
的罗圈镇也鲜少有人再提起。近来他也
逐渐放下这桩奇耻大辱，将注意力转向
别的事情。

"她现在还跟那男人在一起吗？"
牛仔向巴克先生问道，然后若有所思地
等待着回答。州长本想添油加醋一番，
反正如今这笑话已转移到勒斯克那男
人的身上。可他心中又隐约觉得，牛仔
并非如表面那般平静。于是，州长咽下
了差点儿脱口而出的勒斯克家的那些传
闻，只是大致地叙述了下，每逢周一、
三、五，勒斯克夫人都会揍自己的丈
夫；而每到周二、四、六的时候，勒斯
克先生又会更厉害地痛击勒斯克夫人。

27

虽然他们的儿子小勒斯克在叙述家事的时候省略了不少羞与人言的细节，但巴克先生还是尽可能详细又严肃地指出，整个拉勒米都相信，勒斯克夫人已染上了鸦片瘾。

"如果我把整个拉勒米都揍一顿，绝不会留名。"麦克林冷酷地说。

"我以为你已经从那件事的阴影里走出来了，不再介意这些传闻了呢。"巴克先生说。

"呸！没有！不打紧，博士。我失态的样子只有你看到了。男人总会偶尔卸下伪装——在他累了的时候。"

他们聊天的时候时间过得飞快，转眼已经一点半了，麦克林向往已久的第

28

一顿美餐也已迟到。于是，两个朋友握了握手，互相向对方说了句"圣诞快乐"，就各自找乐子去了。

麦克林先在无聊的玩具中浪费了一些时间，又遇见了一帮人正愉快地赌博，他害羞而颇有兴趣地候在一旁，想伺机加入，可那些人却一直玩个不停，把他撇在一旁。他急于摆脱这种孤独感和尴尬，便一直朝前走。这里是夏延，街上到处都是节日大甩卖，他的兜里装满了钞票，就等着好好消费一场。当他想到要和自己的三个同伴，矮个子肖蒂、白眼睛肖克艾和财迷多乐比一起在镇子上大玩一场，他又充满了轻快虚幻的希望，他无声地欢呼着，内心满怀

29

跃跃欲试的喜悦。他刮了胡子，沾沾自喜，穿上外套，坐到桌前，面对向往已久的大餐。起初，他狼吞虎咽，大模大样地饮酒作乐，可哀伤的情绪却不放过他。他故作开心地开着夸张的玩笑，以此获得内心的平衡。回忆涌上来，赶走了虚幻的希望。他听着同伴们的欢声笑语，胸中升起一股莫名的憎恶和排斥。他立刻苛刻地挑剔起身边的同伴们，惊讶自己居然从未意识到矮个子肖蒂是如此矮小，几乎轻得像纸；还有白眼睛肖克艾，喝了两杯之后就开始高谈阔论宗教问题。他的眼前忽然充满了同伴们的缺点和滑稽之处，他们的一举一动都变得令人难以忍受。"我才不要和这帮家

伙一起过圣诞。"他内心有个声音这样说。于是，当同伴们在嬉闹中想起麦克林的时候，牛仔已悄悄离开了。

三点半的时候，州长巴克完成了圣诞采购，打算去拜访埃文斯顿的一位好友，却看到牛仔麦克林正在火车站买一张开往丹佛的火车票。

"丹佛！"惊讶的州长大叫道。

"没错。"麦克林固执地说。

"天哪！你去那里做什么？"州长问。

"去那儿一醉方休。"

"夏延的威士忌不够你喝吗？"

"我要去那儿喝香槟酒。"

牛仔离开站台上了车，火车出发了。巴克先生惊愕地走下站台，他目瞪

31

口呆地看着缓缓驶离的最后一节车厢，牛仔在门口举着大檐帽胡乱冲他挥舞了几下，就钻了进去。

"他还说他已经成熟了，"巴克先生喃喃地说，"我七十九岁认识他，现在已经过了八年了。"州长先生既懊悔又抱歉，还有点儿恼火。他想起自己说的关于麦克林婚姻的笑话，对那离去的傻瓜满腔愤怒。"是的，八年，或者六年。"州长回忆着。初识牛仔的时候，那男孩十九岁，四肢修长，轻率鲁莽，善于训练马匹，唇边已冒出细细的绒毛。又过了几年，牛仔二十一岁了，脸上细细的绒毛变成了真正的胡须，成了一名不羁的青年。有一回

32

他弄折了腿，巴克先生用高超的技巧
给他接上了骨头。受宠若惊的牛仔乖
乖接受了包扎，还头一回听说了好些
高端的医学名词，像是"胫骨"、"粉
碎性骨折"之类。他失眠的时候，就
会在嘴里默念它们。牛仔卧床休养了
一些时日，骨头差不多愈合，可以挂
着双拐离开病房了。他会每天早晨去
巴克先生的房间小坐一会儿——这属于
特权。腿伤还未痊愈，这叛逆的青年
就从医院跑了出去，直奔牧场——没有
威士忌的单调日子着实乏味。无拘无
束的日子没过多久，他的腿就再次骨
折了，乖乖回了医院。巴克先生忍住
愤怒，又给他重新接了一回。

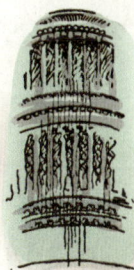

33

"我的腿已经好得不能再好了，对吧，博士？"卧床一周之后的某个早晨，牛仔低声下气地问道。

"你的右腿将会比左腿短一些，就这样了。"

"噢，老天！我破坏了粉碎性骨折的胫骨！我真是个混蛋！"

——真是让人连骂都没法骂。最终，牛仔还是生龙活虎地出院了，带着两条长度一样的腿，无论是跨步还是站立都游刃有余。这么多年来，巴克先生时常想起这孩子说的话。如今，这孩子已有了一脸完美的胡须，年纪也快三十了。

"他会喝得烂醉如泥在第二天中午

34

醒来，身上一个子儿也不剩，然后搭着
货车回来，重新开始。"巴克先生说。

35

第三章

擦鞋童

出了丹佛车站，麦克林穿过嘈杂的人群和路边的公共汽车，走上第十七大道，进了路口的酒吧。一名顾客正在点热的苏格兰威士忌，味道闻起来很不错。于是，多年没沾过酒精的牛仔也来了一杯。他走出酒吧，踏上街头，发现对面还有一家更明亮更热闹的酒吧，看起来很对他的胃口，那儿的柠檬皮看起

36

来也更新鲜。牛仔立刻走了过去，一切看来如此美好。在这寒冷的季节，没什么比坐在这儿来上一杯更惬意的了。喝完酒，牛仔再一次踏上街头，借着头顶冷冷的灯光朝前面的镇子上望去。这时，有三个擦鞋童围到了他的身边，嘴里不住地问着："擦鞋吗？擦鞋吗？"牛仔没有理会。他边往前走，边提醒自己：第三次右拐的时候一定得冲着晚饭去，坚决不能再贪杯。可是没走几里路他又忍不住拐进了另一家酒馆。美美喝了一杯之后，牛仔发现，现在面前有两条路：要么穿过马路原路返回，要么在遇到第四家酒馆时管住自己的脚。照这样下去的话，他永远没法去吃晚饭，更

37

没法进剧院看戏了。他停下步子认真考虑。刚刚走出的那家酒馆老板是德国人，充满德国风情的炫目灯光透过窗户照在他的身上，彩灯在装饰华丽的松树间闪闪发光，醉醺醺的矮人玩偶们坐在树根上，向一旁的圣诞老人快活地伸着手，胖胖的德国圣诞老人露齿而笑，右手一动一动地端着一杯起泡啤酒，左手挂着一串香肠，垂在矮人们中间。同样也是盛装打扮的牛仔呆呆地站在那里，心不在焉的表情自从夏延市到这里就没有变过。他还在仔细思考，是否要再喝下一杯热威士忌，是过马路，还是不过马路。这时，擦鞋童们又发现了他，一窝蜂地围了上来，雀儿一般，叽叽喳喳

38

地叫着："擦鞋吗？擦鞋吗？"牛仔决定，留下来再喝一杯南方口味的苏格兰威士忌。他发现了身旁吵吵嚷嚷的擦鞋童们，于是作势冲着离他最近的男孩踢过去，男孩敏捷地闪到了一边。

"你敢碰他一下试试！"一名擦鞋童气势汹汹地尖叫道。他们穿着短裤，最大的有十岁。

"别动手，"麦克林说，"我没想伤害你们。"

"那就离他远一些。"一个孩子说道。

"他为什么要踢你，比利？他是你爸爸，对吗？"

"不是！"名叫比利的男孩轻蔑地说，"我爸爸从来不踢我。我不认识这

39

个人。"

"他不是一般人！"领头的孩子发出耸人听闻的尖叫，"他身上有徽章，他是来抓你的。"

有两个孩子立刻跳到了马路中间去躲避，并熟练地散开，剩下比利仍然站在原地。"你敢抓我试试！"比利说。

"我为什么不敢抓你？"麦克林说。他把双手放在口袋里，叉着腰。

"我什么都没做，什么都没有。"比利坚定地说。可是，在说到最后一个字的时候，他的声音一下子就虚弱了，两只眼睛充满恐惧，然后也飞快地蹿到了马路中间。

"他说什么？"领头的孩子急急地

40

询问。"告诉他你今天一家店都没有进。我们可以作证！"孩子们对着"警察"尖叫道。

"喂，"麦克林站在人行道上，慢悠悠地说道，"小家伙，你们真不会认徽章。"

他说话的语气让孩子们紧张的情绪缓和了一些，他们仍旧远远地、分开地站在那里。

麦克林保持着刚才的姿势站在透着蓝光的窗户旁边，愉快地打趣："唉，如果真有警察穿着这种衣服执勤被人发现，他自己就会被抓起来。"

这句话起了很大效果。孩子们开始聚到一处，比利慢吞吞地跟在后面。

41

"注意徽章的图案，红色星星排成的圆圈里是蓝色的牵着的手，"麦克林继续循循善诱。三个孩子小心翼翼地走过来。"如果戴着它能抓人，那么我要抓个孩子来给我擦靴子，一美元。"

三个孩子立即冲了过来，蹲到牛仔的脚边，争先恐后地从随身的小箱里拿出擦鞋的家伙，就打算开工。

"别着急！"麦克林说。孩子们纷纷抬起头，盼望地盯着他看。"我可没有三只脚，"牛仔缓慢而庄严地说，"我只能让你们当中的两个人擦。"

"他有一支大手枪，还系着皮带！"领头的孩子狂喜地叫出声来。他是个少年老成的孩子，正蹲在麦克

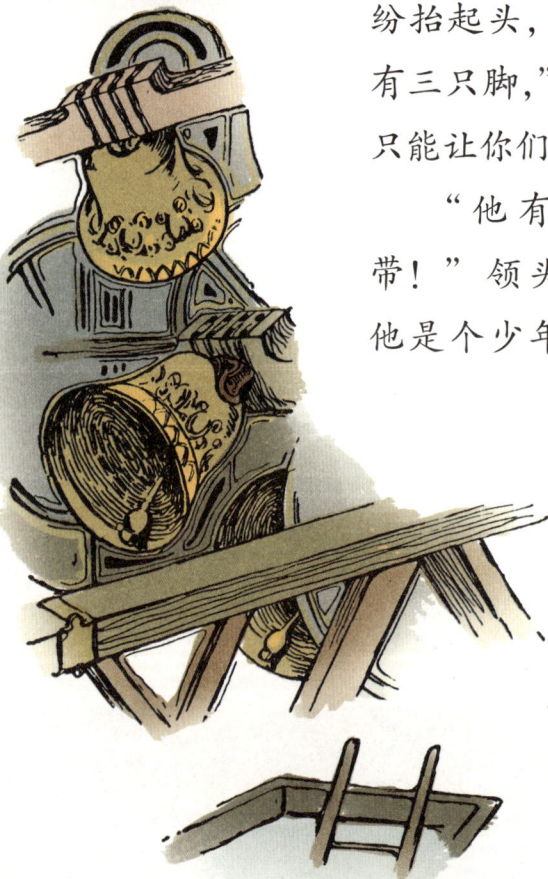

42

林的外套下面。

　　"你是个聪明的孩子，"麦克林考虑了一下，说道，"你应该很快就能找到下一个擦鞋的人。你站到旁边来，继续聊聊我的装扮，让他们擦鞋好啦——擦得最快的那个可以得到一美元。"

　　小比利和一个淡黄色头发的孩子埋下头，竭尽全力地擦了起来，那个领头的孩子站在旁边，可怜巴巴地看着麦克林。

　　"这是柯尔特45。"领头的孩子说。

　　"完全正确。将来的某一天，你也会拥有一支自己的手枪，如果天使在你长大之前没有把你带走的话。"

　　"我擦好了！"淡黄色头发的孩子

43

叫着，匆匆跳起身来。

小比利手里还没来得及停住，却也及时地蹦了起来，和另一个孩子一起。麦克林低头看了看，靴子擦得惨不忍睹。

"你来做裁判好了，"麦克林仁慈地对领头的孩子说，"他们中的哪一个擦得比较差？"

可是领头的孩子把目光转向别处，嘴里吹着口琴。

"好吧，你让我省了一笔，"麦克林把口袋里的硬币晃得叮当作响，"我想这俩并列第一。"他给每个孩子手里放了一美元。"现在，"他继续说道，"我的靴子仍然穿不出去，所以这次的一美

44

元给擦得最亮的那个。"

　　两个孩子又扑上去拼命擦了起来，领头的孩子站在一旁，漠不关心地用口琴吹着悠扬的乐曲。麦克林弯下腰，怪模怪样地趴在酒吧的窗台上往里看，圣诞老人隔着明亮的玻璃，举着假的啤酒和香肠，永恒地发着亮光。

　　比利擦得相当卖力，却收效甚微。麦克林发现他几乎没有什么经验。"看这儿，"麦克林蹲下来，"我来教你怎么做。小伙子都快盯成斗鸡眼了。来，保持鞋油湿润，再用干布擦。"

　　"让我来，"比利说，"我现在会了。"他用自己的方式一丝不苟地擦了起来，先呵一口气，然后再抛光。这次

45

比赛依旧是不分胜负，皆大欢喜。孩子们的工作完成了，报酬比他们当天赚的所有擦鞋费都高。比利和淡黄色头发的孩子现在一双鞋都不想再擦，只想快快去花这笔幸运的巨款。但出于对牛仔的好奇，他们还是继续待在明亮的窗下，想看看这个趴在酒吧窗前的神秘陌生人葫芦里究竟卖的什么药。就连那个骄傲的领头孩子也迟迟挪不开脚步。

"这是哪个秘密组织吗？"淡黄色头发的孩子用手指着徽章问。

麦克林点了点头："很可怕的组织。"

"你是威尔斯·法戈的侦探。"领头的孩子宣布。

"吹你的口琴吧。"麦克林说。

"你是亡命之徒吗？"淡黄色头发的孩子悄悄地问。

"哦，我的老天！"麦克林沮丧地说，"你这小脑袋瓜里到底装了些什么？"

"他是牛仔！"比利叫道，"我认出来他的靴子了。"

"就是你了！"牛仔装作惊喜的样子，"你很合适。不过我敢打赌你一定猜不到戴我这种徽章的人发誓过今晚要做什么。"

孩子们伸长脖子瞪着眼睛看向牛仔。

"我——发誓——如果你们现在不跳起来跑掉——发誓——抓三个擦鞋童去吃晚餐。"

"噢，呸！"孩子们一脸不信任地

47

向后退去。

"这是誓言，伙计们。你们还是快点决定吧——因为这是我的任务！"

"你敢！"

"晚餐过后去剧院，看《格兰特船长的儿女》。"

孩子们对着牛仔尖叫，还是躲得远远的。

"我不能再浪费时间在这些聪明过头的孩子们身上了，"麦克林从窗台上直起身来，"我得去找些不那么容易被烤火鸡吓跑的小孩。"

牛仔慢悠悠地走开了，脸上始终带着一本正经的表情。孩子们停止了大喊大叫，迅速捡起擦鞋箱跟到了牛仔的

48

后面。窗后的彩灯换了一种颜色闪闪发光，圣诞老人伸着双手，笑容在温暖的灯光下愈加慈祥。

49

第四章

火鸡和戏剧

去吃火鸡的路上，牛仔不时地和孩子们聊，充满善意地找着话题。但孩子们却沉浸在这突如其来好事带来的惊吓里，只顾着跟在麦克林的身后，大张着嘴，紧张得说不出话。徽章、手枪、那么容易就得来的美元，这些意想不到的事不停刷新着他们的想象力。即使仍然不太相信真的可以吃到火鸡，但他们还

50

是紧跟在后面，小脑瓜转得飞快，想着
那个男人接下来要做什么，要去哪里，
要小心不要落入陷阱。当麦克林停下脚
步的时候，他们就立即停住不敢向前，
始终保持十英尺的距离。这是丹佛市最
高级的餐馆——是麦克林记忆中最好的
那家，有包间，有外国菜，他早就想品
尝这儿的香槟了。麦克林以前没来过，
但听一个朋友说起过。他刚走到门口，
眼光就被坐在里面的人吸引了：那些人
坐在漂亮的天竺葵中间，外套里穿着白
衬衫，有的衣服上还装饰着羽毛，显得
高贵而优雅。他呆呆地站在门口，看着
一对对衣着华丽的人儿往里进，足足看
了有好几分钟。

51

　　"是法国菜！"牛仔恍然大悟。接着，他有些底气不足地说了句："呸！"三个孩子正站在十英尺以外眼巴巴地看着他。"他们就是在里面吃小馅饼呢。"牛仔嘟哝着。孩子们凑到他身边。"我说，伙计们，"牛仔自信地说道，"里面那些家伙吃得太奢侈了，不适合我这种乡下人。你们觉得呢？我要找个更适合的地儿，找个有炖牡蛎吃的饭馆。你们有什么好建议吗，小伙子们？"

　　一股亲切的兄弟之情在他们之间油然而生。

　　"噢，跟着我们来——我们带你去！这儿吃饭没意思。我们带你去市场街最棒的那家，绝不会让你失望的。"

52

说着，孩子们叽叽喳喳地簇拥着麦克林出发了，其中的一个还揪着麦克林的外套领路。麦克林乖乖地听从孩子们的指挥，跟着他们往前走。

"圣诞节到了，毫无疑问，"麦克林咧开嘴笑着，"和我原先的计划稍微有些出入。"这是他从夏延市过来之后第一次有了笑容。他用手擦了擦眼睛，内心渐渐升起一丝暖意。

孩子们已放下戒心，不再疑神疑鬼。他们亲密地围在牛仔身边，热心地以城里人的身份给他介绍丹佛的大街小巷。唯有比利，会时不时疑惑地偷看牛仔几眼。

乡下来的牛仔认真地倾听着城里孩

子的介绍，来到了市场街的饭馆。准确地说，丹佛最好吃的饭馆并不是这家，但这儿有美味的火鸡和奶油炖牡蛎，有番茄酱，还有时令蔬菜和各种馅饼。牛仔点菜时重新变得意气风发。孩子们想象着他口袋里的财富，不禁对他燃起了敬畏之情。然而，到了用餐的时候，他们发现，牛仔狼吞虎咽的贪婪样子，和他们几乎如出一辙，于是他们亦不再小心翼翼，开始讨论有关誓言的话题。这时，从某些角度来看，麦克林的脸微微有些发红，千真万确。

"来根烟吗？"领头的孩子吃完自己那份馅饼之后问道。

"谢谢，"麦克林说，"不好意思，

54

我不吸烟。"他要的是一份健康的晚餐，
有水喝就好。

"吃饭时嚼口香糖没意思，"男孩
说，"你试过烟草吗？"

"曾经试过一回。"

领头的孩子啪地吐了一口口水。他
用胳膊肘斜靠在比利身上，在一边臀部
上划着一根火柴，不屑地说："他不会
吸烟，只会喝啤酒——我看他脑子里只
有啤酒。"很快，他就忘了这档子事儿，
跟淡黄色头发的孩子高谈阔论起"城里
人的话题"，初出茅庐的比利一脸敬佩
地在旁边听着。这样的谈话麦克林自知
插不上嘴，就有些尴尬地坐在一边。

看着那两个男孩老练的样子，麦克

55

林暗忖："想当年我像他们那么大的时候，还光着屁股乱跑呢，哪里懂得这么多！可能现在的孩子比较早熟。"可他又注意到满脸热忱的小比利，正专心致志地倾听着大孩子们的经验之谈，一副青涩的学徒模样。牛仔提醒道："嗨，小伙子们，是时候去剧院看场大戏了。"

孩子们早已忘了去剧院看戏的事，他们兴奋地一哄而起。牛仔结了账，在孩子们叽叽喳喳的带领下往剧院走去。他们的注意力又转移到剧院上："那儿的男人会注意到我们，早上的时候就有生意了。"

他们去得很晚，戏已经演到高潮部分。所有观众的眼睛都牢牢盯在台上的

56

船只和冰山上。四人在华美的舞台灯光
照映下找到了座位。小提琴不失时机地
在演到危急时刻奏响，格兰特船长的孩
子们越过赤道，经过一处处风景名胜，
一路追寻他们的父亲，现在他们被困在
了北极。船长最小的孩子看到冰山，大
声尖叫起来："姐姐，前面有冰山！"姐
姐纯真地说："让我们祈祷吧。"场面宏
伟壮观：冰山裂开，太阳及时升起，在
山顶微微颤动。幕布拉上了，还沉浸
在虔诚情境中的人们纷纷拥向朗姆酒
店。当然，麦克林和孩子们没有去。他
们为剧中人战胜恶劣的自然环境热烈鼓
掌，领头的孩子和淡黄色头发的孩子则
开始讨论下一场的内容，猜测这艘船是

57

否会继续往南行驶。在此之前，比利对牛仔的疑虑还未完全消失；但是，在中场休息的时候，他已对坐在身边的那个安静的、浑然不觉的男人建立了一种信任。他偷偷看着牛仔，眼里闪烁着崇拜的光。

"你不觉得这场戏很棒吗？"比利问。

"很棒。"牛仔客气地回应。

"你不觉得他们在那么糟的状况下逃脱很精彩吗？"

"嗯，是的。"麦克林说。

"但是你发现没，只有女孩会那样做。"

"怎样做，小伙子？"

"嗯，大叫、祈祷之类的。"

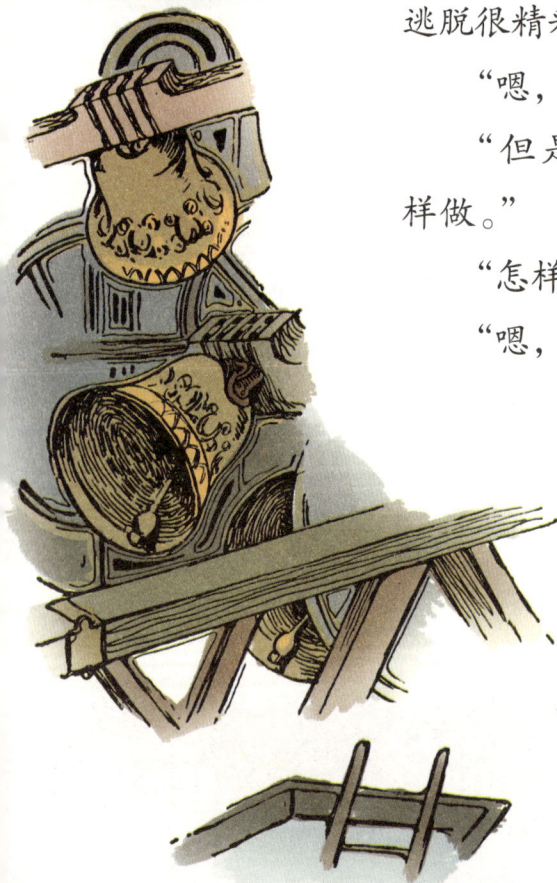

58

"我想一定得这样。"

"当她被冰山吓到的时候就会说'去祈祷'之类的话，而且所有的男人都得照她说的做。"

"当然。"

"嗯，你觉得如果她没有在船上，没有缠着那些人，没有说那些话，没有做那些事，他们还会祈祷吗？"

"我不指望他们会。"麦克林诚实地说。他这才忽然注意到比利："我不指望他们能想起来任何事。"他又加了一句，尽量对这种剧情模式表示认可。

"还有，那块冰并没有大得那么可怕。如果是我就用竿子把它推走。你呢？"

"像公羊一样把它撞开。"麦克林说。

59

"还有，我再也不会祈祷了。我告诉珀金斯先生我不会祈祷，他——总之我认为他是个笨蛋。"

"我打赌他是！"麦克林同情地说。他从不是个谨慎小心的监护人。

"我对他直说了，他看着我，扑通一声跪下来，两条腿一块跪着，但我告诉他我不在乎他把我放到哪个野外的宗教集会；然后他说：'我要揍你。'然后我说：'你试试看！'我告诉他妈妈经常揍我，从来不起作用，我也不会为她祈祷，不管在主日学校还是其他地方。你经常祈祷吗？"

"不。"麦克林不安地说。

"你瞧！我对他说男人不会做这种

60

事，然后他说，那那个男的就会下地狱。我说，'你撒谎！我爸爸就没下地狱。'然后所有的孩子都哈哈大笑，简直帅呆了，你没听到真可惜。他当时都快疯了！但我不在乎。我身上有五毛钱。"

"你一定觉得自己像个百万富翁。"

"哦，我感觉非常好！我批发了一点儿报纸去卖，存了一些钱，买了擦鞋的家当。我再也不会让她想揍我就揍我，她经常随时随地揍我。——雷米看到你的手枪了。"

"你等着，待会儿剧演完了我就让你戴上它试试。"麦克林说。

"真的吗？不骗人？皮带和枪？你打过熊吗？"

"老天！打过不少呢。"

"真的吗？灰熊吗？"

"灰熊、黑熊、褐色的熊；我还活捉过一只幼熊。"

"哇——噢！我还从没打过熊呢。"

"你应该试一试。"

"我要试试。我要在深山里野营，我想在你野营的时候去找你，和你一起。我们找时间一起去野营好吗？"比利靠近了牛仔一些，敬慕地仰头望着他。

"当然！"麦克林说。尽管他做不了，也许，他表达的就是这个意思，他温柔地、饶有兴趣地看向比利。一直以来，他单调的世界里只有狗儿和马儿，很少能遇见孩子们——所以他总爱和他

62

们玩耍。但这一次不再仅仅是普通的玩耍那么简单了。他的手放到了孩子的肩膀上。

"爸爸带我野营过一次，妈妈离家出走的那一次。爸爸喝得烂醉如泥。我再也不要回拉勒米了。"

麦克林坐直身子，抓住男孩。"拉勒米！"他几乎叫喊出来，"你……你的姓是勒斯克吗？"

但是男孩立刻把身子缩了回去。"你不是要把我送回家去吧？"他可怜巴巴地哀叫道。

"老天啊老天！"麦克林喃喃地说，"你居然是她的孩子！"

他紧绷的身体放松，瘫到椅子上，

63

两条腿直直地伸到前排的椅子下面。直到小比利从他身边蹿出去，像老鼠一样逃到走廊上，麦克林才反应过来，及时地把他抓了回来放在座位上。而另外那两个孩子专心在聊天，根本没注意到这边发生的事。牛仔什么也没说，只是看着比利郁闷的小眼神不停地在剧院的各个出口和角落之间转动，也不去想说点儿什么来掩饰心中的旧痛。

"为什么要把他拽回来？"麦克林有些意外地问自己，然后发现自己也不知道答案。但是当他看到那个焦躁不安一心想要逃跑的小人儿，他感到愈来愈悲伤。"我只是不想让他那样想我。"这是理由。舞台的幕布再次拉开了，他注

64

意到比利已经打定主意要等到戏剧结束趁乱逃跑。这时格兰特船长的孩子们正循着父亲的路线行驶，天气越来越热。麦克林坐在那里，不停地做思想斗争。"他对我来说毫无意义。他们中的任何一个对我来说有什么用？"内心的迷乱让牛仔咆哮，牛仔对自己重申事实，"是那女人抛夫弃子在先，遇见我在后。我不需要自寻烦恼。他甚至连我的继子都算不上。"

然而，回忆往事也无济于事。"老天，这一切应该怎么办？如果我有个小小的家的话——从某些方面来说，这是个恶心肮脏的世界。"麦克林不知不觉大声说了出来。坐在牛仔前面的女士用

65

腿碰了碰她的丈夫。他们被牛仔吓了一跳，以为他是为格兰特船长的悲惨遭遇而不平。他们转过头来，看到这个奇异的男人圆睁着咄咄逼人的眼睛，怒气冲冲地盯着舞台看，不禁又吓了一跳。

牛仔重新把手放到比利身上："喂！"

比利看了一眼牛仔，就迅速逃开了。

"看着我，听我说。"

比利依旧躲躲闪闪。

"我不会跟着你，绝不。你待在这儿是你自己的事，和我没关系。你听懂了吗？"

男孩点了点头。麦克林继续说道："我不勉强你相信我的话——我猜你自己经常撒谎。所以你要跑要躲我都不拦

66

你，我不会给任何人说我看到你，你继续做你想做的事就好。我现在要走了，我已经看过戏了。不过你们还可以继续待在这儿直到演出结束。如果你想找我聊聊手枪和熊的事，就去'史密斯宫'找我——那是这地方最好的旅馆，对吗？——如果你来得不太晚，我是不会太早睡觉的。但是今晚我有些困了。帮我向你的朋友们道别，你自己也保重。有你陪伴很愉快。"

麦克林进了"史密斯宫"，在事实的基础上巧妙地撒了个小谎，要了个有两张床的房间。他对旅馆的服务生说："还有个走丢的孩子——不知道跑到哪儿去了，但愿他过来的时候不要弄得太

67

脏。如果他再从我这儿溜走，明天我的工作就没了。如果您能帮我把钱放到保险箱我将感激不尽。"

服务生把麦克林带到保险箱前让他尽管使用。麦克林来回踱着步子，欣赏一张铁路的图片。大约十分钟，那个"小麻烦"出现在街道上，往旅馆里面望。

"哈啰！"麦克林随意地招呼了一声，转身欣赏起一幅派克山峰的精美画作。

"小麻烦"在门外观察了一会儿，并没有受到额外的关注，于是就走了进来。"我是不会回拉勒米的。"他警告性地申明道。

"我不会去的，"麦克林说，"那地

方还没有丹佛一半好呢。好吧，晚安，真遗憾你没早点来——我好困。"

"啊——噢！""小麻烦"傻傻站在那里，"我真希望我没把那糟糕的老剧看完。嗯，我明天早上帮你擦鞋好吗？"

"我不确定我的火车会不会太早。"

"我会起来的！我会起来的！我会赶在所有的火车之前。"

"你睡在哪儿呢？"

"和火车司机一起睡。为什么今晚不能让我佩戴一下你的枪呢？"

"要上楼才能戴。这位绅士是不会让你上楼的。"

但是那位热情而彬彬有礼的服务生同意了。于是比利成了第一个冲进房间

69

的人。他兴高采烈地站在那里，让麦克林把皮带扣在他瘦瘦的肚子上，再巧妙地和裤子背带固定在一起，以免滑落到地上。

"你用它打过人吗？"比利摸着那支六发式左轮手枪，好奇地问道。

"没有。它不是用来打人的，但是我想它可以用来防身。"

"噢，再让我多戴着它一会儿吧！你收集箭头吗？我觉得箭头很酷。这些肯定是你看过最好的箭头。"他从怀里掏出紧紧裹在纸里的宝贝，有好几个。"是我自己找到的，在和爸爸露营的时候，它们就卡在石缝里，一直没人发现，最后被我找到了。是不是很棒？"

70

麦克林断言这是稀世珍宝。

"爸爸和我找到了很多，但妈妈嫌它们把屋里弄得乱糟糟，一看到就扔掉。她从凯利那儿买东西回来。"

"谁是凯利？"

"他在拉勒米开了一家药店。妈妈变得又可怕又可笑。每次我回家她都是那样。因为我对珀金斯先生说他撒谎，然后我就跑了。我知道她每次发作完了就要打我——爸爸也拦不住。还有我——噢，我真是受够了！她把我的脚打跛两次——珀金斯先生还让我说'上帝保佑我的母亲！'——起床前和睡觉前各说一次——他就是个蠢货！所以我就跑了。但是在刚刚临走前我说了'上

71

帝保佑我的父亲——还有你'。如果你说祈祷有意义，那我就祈祷。"

麦克林坐到椅子上："现在不用。"

"你不像妈妈那样，"比利继续说道，"你可以留着它们。"他走到麦克林跟前，把箭头放到牛仔的手心，然后站在他身边。

"你喜欢鸟蛋吗？我收集鸟蛋。我有二十五种——雌艾草鸡蛋、蓝松鸡蛋、雷鸟蛋，还有一些更难找到的——但我没法把它们都从拉勒米带过来，不过我带了喜鹊蛋。你想看喜鹊蛋吗？嗯，如果你明天留在这儿，我就带你看看别的一些好东西，我让火车司机帮我保管，因为有些男孩会偷蛋。我还可以

72

带你去能打枪的地方。我敢打赌你不知
道那个地方！"他又拿出一个顶针形状
的马口铁罐，里面有东西咯啦咯啦响。

麦克林鼓起掌来。

"这是'咯哩咯哩'种子。送给你，
我有很多，是火车司机给我的。"

麦克林收下第二份纪念品，表示了
感谢。起初他觉得不该拿这孩子的宝贝，
但是一些与礼貌和经验无关的直觉告诉
他，他应该收下。比利喋喋不休地说着，
小小的心灵袒露无遗；牛仔并没有刻意
让男孩留下，男孩也并没有想走的意思。
他爬上牛仔的膝盖，絮絮叨叨地诉说着
自己的小秘密，不经意间把牛仔当作了
亲人来依赖。他已有很久没见过自己的

73

父母了。这样的情形只持续了一会儿，因为男孩说着说着就把头靠在牛仔的胸前睡着了。牛仔一直保持着那个姿势，害怕轻轻一动孩子就会被惊醒。

最后牛仔对怀里的孩子建议说，睡到床上会比较舒服；接着他想办法把男孩扶起来，帮他脱衣服，再放到床上。男孩的胳膊和脚都自觉配合地活动着脱掉了衣服，他的头一挨到枕头，就自觉地钻到被子里，眼睛睁也不睁，呼吸的节奏也没有改变。麦克林在床边站了一会儿，看着他翘翘的睫毛和弯曲的头发。然后他迅速往门口看了一眼，再看看镜中的自己。他弯下腰，吻了吻比利的额头，抬起头之后又鬼鬼祟祟往镜子

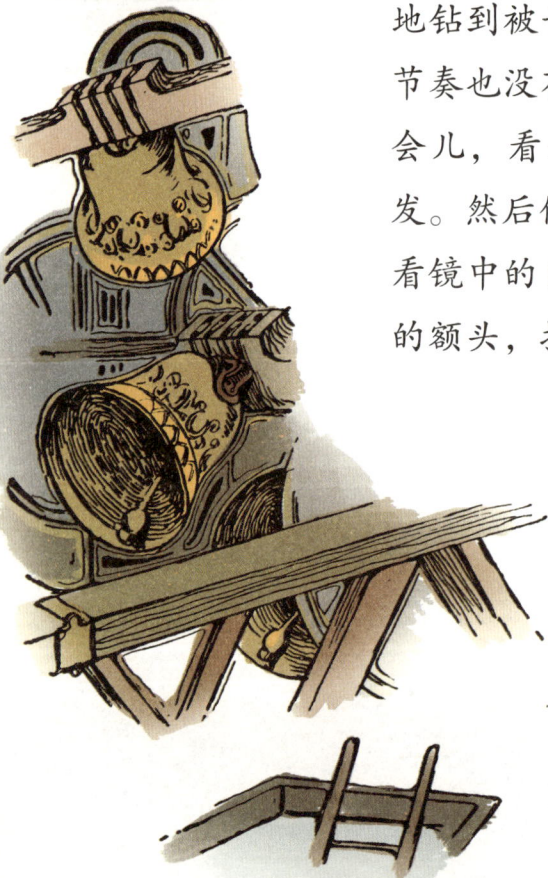

里看了一眼，然后迅速躺到自己床上，
陷入了香甜的梦乡。

75

第五章

麦克林和小麻烦

早晨醒来的时候，牛仔耳边依稀听到教堂的钟声。他躺在床上，闭着眼睛，依旧睡意绵绵、意识混沌。天已亮，耳边的钟声还在回响，牛仔慢慢清醒过来。他依旧静静卧在那里，听着钟声，打量冬日阳光下陌生的房间。"我怎么睡在这里呢？"他问自己。接着，昨晚发生的一幕幕忽然映入脑海，牛仔

76

用胳膊肘支起身来。

那个小麻烦正坐在椅子上，脸洗得干干净净，衣冠穿戴整齐地看着他。

"你醒来得真晚，"小麻烦说道，"但我得在和你道别之后再走。"

"走？"麦克林叫道，"走去哪儿？你不和我一起去吃早饭吗？"牛仔故意把声音变得很哀伤。在接下这个麻烦之后再把这个麻烦放走？这他可做不到！

"我得走了。如果我早知道你想让我留下来——咦，你说过你要赶早班火车的！"

"但是那些让人闹心的事儿已经离我而去了。"麦克林卧在床上，笑容惬意。

"如果我没答应他们的话——"

77

"谁？"

"西德尼·埃利斯和皮特·古德。嗯，你认识他们，你们打过交道。"

"嘿！"

"我们今天说好要去找点乐子。"

"噢！"

"因为圣诞节到了，我们买了一些好雪茄，皮特说要教我抽。当然我以前也抽过，你知道的。但我马上要走了，早知道我会留下来陪你的。如果你能住在这儿就好了。你才开始抽烟的时候能抽一整根雪茄吗？"

"你喜欢吃枫糖煎饼吗？"麦克林狡黠地问，"最多二十分钟，可以吗？"

"二十分钟！如果他们等那么久——"

78

"听我说，小比利。他们已经没在等你了，你不觉得吗？你瞧，我应该早点醒来的，可是我睡过头了，耽误了你和他们约定的时间。唉——因为你不能跟我不辞而别。当然，一个男人是不能对另一个男人不辞而别的，对吗？"

"的确。"充满阳光活力的比利说。

"而且他们不会继续等的，明白吗？他们不会浪费圣诞节的宝贵时间，每年只有一个圣诞，他们不会浪费时间在那里问：'比利在哪里？'他们会说：'小比利肯定有别的安排了，等他有空会给我们解释的。'然后他们就会欢快地抽雪茄去了。"

牛仔适时地停顿了一会儿，用支

持、肯定和令人信服的眼神注视着比利。

"的确如此？"比利说。

"然后你要怎么办呢，小比利？一个人孤单地走在大街上，没有朋友陪伴，也没法过圣诞，什么也没有，没有雪茄也没有煎饼。不如，我们一起过圣诞，怎么样？就只有你和我？"

"好吧，"比利说，"一整天吗？"

"我也是这么想的，一整天，"麦克林说，"我不会让你做任何你不喜欢做的事。"

"噢，我不在他们也可以自己抽烟，"比利忽然严肃地说，"我明天再找他们。"

"这就对了！"麦克林叫道，"来，

80

小比利，现在快去楼下餐厅让人给我们留个位置，我马上就穿衣服下来。"

男孩去了，麦克林要了热水，穿好衣服，仔细系好围巾。"真希望我有件干净衬衫，"他说，"不过我看起来还不那么糟。多亏昨天中午刮了胡子。"他拿起箭头和"咯哩咯哩"种子，小心地放在贴身的口袋里。"我不确定你是不是疯了。"他对着镜子里的男人自言自语。"我也不确定。"镜子里的男人说。接着他关上门下了楼。

牛仔看到小比利警惕地占着一张四人桌子，还用凳子斜着在桌子周围围了一圈，以宣告主权。餐厅里别的桌子都是空的，也没有其他的顾客，因为现在

81

已经很晚了，早餐的种类也所剩无几。几个闲着无事的侍者在正襟危坐的比利身后嘻嘻哈哈。煎饼卖完了，麦克林只好点了别的。比利说，这软松饼比煎饼好吃多了。

"要是我能常常见到你就好了，"比利说，"如果你住得不远，我就能经常去找你了。"

"这是个问题，"牛仔说，"我住得非常非常远。"他凝视着窗外。

"嗯，我可能以后会去看你的。我希望你能给我写信。你会写字吗？"

"什么？写字？噢，我会。我会读也会写。我在内布拉斯加州读过书，还有马高，堪萨斯州，还有盐湖——那是

除丹佛以外最好的城市了。"

比利沉浸在愉快的谈话中，即使不发一言也心满意足。牛仔表示了亲切和赞许，却大部分时间都看着窗外。等侍者彬彬有礼地走过来，告诉他们餐厅要关门了，他们才离开餐厅，去保险箱那里取钱付了账。

街道上阳光明媚，远处的山峰亦洒落金色的微光，微风习习，清新宜人，仿佛来自群山之巅；天空晴朗，万里无云，纯净得没有一丝瑕疵；屋顶上没有炊烟，高高低低的房子从上到下包括烟囱，都挂满了圣诞的装饰，到处洋溢着节日的气息；早晨的钟声打破祥和的宁静，带来甜蜜的生机。

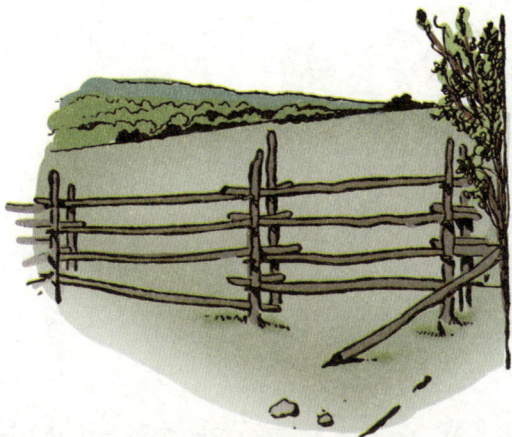

83

"你喜欢音乐吗？"比利问。

"喜欢。"麦克林说。大街上的男女老少来来回回，相互亲切地打着招呼，就像平时过礼拜天那样。牛仔耳边不时传来"圣诞快乐"的问候声；但这回牛仔已俨然变成了他们中的一分子。他怀着扬扬得意的友好，看着身边路过的每一个人；而小比利就在他的身旁，叽叽喳喳地聊着天。

"你不觉得我们应该进去看看吗？"比利说。教堂的门开着，从里面传来管风琴悦耳的曲声，在人行道上听得一清二楚。"那里的音乐很好听，能听很久，而且几乎没有人说话。我来过好多回了。"

84

他们进了教堂，坐下倾听。这时，比管风琴更动听的圣歌在周围响起，两人并排坐在最后一排，聚精会神地凝听着，跟着轻声哼唱。尤其是每到副歌水晶般清澈的旋律时尤其容易领会。当第四次唱完"大声说出福音，喜乐欢腾地歌唱"时，钟声敲响，乐声戛然而止，所有兴高采烈的面孔都恢复平静。

"你难道不想接着再听吗？"比利悄悄问道。

"希望连着听一百首。"麦克林说。

很快圣歌又响了起来，他们再顾不上聊天，出神地听了起来，也没想到要和众人一样站起和跪下。麦克林环视教堂，看着那些常青树、花朵和枝叶茂盛

85

的花环，还有《圣经》带金边的书页。
"和平、亲善地对待世人。"他念道，
"原来如此。和平、亲善。对，就是这
样。我希望他们能在《圣经》里找到这
些。简直棒呆了，你自己是不会想到这
个的。"

有人碰了碰他的胳膊。有个女人
递给他一本书。"这是我们在唱的赞美
诗。"她温和地小声说道。麦克林面红
耳赤、一声不吭地接了过去。他和比利
站起来，共同捧着那本书，虔诚地念着
书里的字句：

　　　　它清楚地来到了午夜，
　　　　这辉煌的老歌，

86

天使冲着大地弯下腰，

弹着金色的竖琴把它吟唱；

和平安宁在世间——

　　这首曲子比其他的都好听，麦克林
沉醉在其中不能自拔，直到比利用手指
着下一页提醒，该念结束语了：

　　然后全世界再把这首天使唱
的歌，吟咏在世间。

　　音乐的曲调扬起再下降，优美地戛
然而止；牛仔用手擦了擦眼睛，这是他
第二次在丹佛擦眼睛。他转过头，故意
在邻座面前皱着眉头作出生气的表情；

87

他也不知道为什么要这样做，他觉得自己就像个傻瓜。但是当赞美诗结束，他走出去的时候，他又重复了一遍："'和平和——善意。'等我见到怀俄明州的主教，我要告诉他，当他布道时，说这些话的时候我要去听。"

"我们现在能去打枪了吗？"比利问。

"当然，小伙子。不过，你现在不饿吗？"

"不饿。我希望我们能在那个高高的地方。你呢？"

"那些山那里？它们看起来很美，白色的山巅！还有漂亮的房子。嗯，我们去那里！这儿有到高登的火车。我们可以在山麓上打枪。"

88

他们立即上路前往高登。中途吃了顿午饭。之后，他们在旷野上游荡，直到子弹全部打光。太阳已经快要落山，比利幼嫩的脚踝也被磨得厉害而导致他步履蹒跚——他已完整地学习到，在某个危急时刻，该如何隐蔽和作战。

"跛子！"他愤怒地重复道，"我不是跛子。"

"呸！"又走了十来步之后，麦克林说，"你就是，而且两只脚都是。"

"告诉你，这儿有石头，我只是跳过去。"

麦克林一把抓起男孩夹在胳膊下面，继续往高登的方向走。

"我现在筋疲力尽了。"牛仔说。他

89

坐在旅馆里，悲伤地看着躺在床上的比利。"而且我不擅长照顾病人。"他走过去，把手放到男孩的头上。

"我不是病人，"已经累到没法动弹的男孩说，"我告诉你我现在很好。等一下我就能起来吃晚饭。"

麦克林要了冷热水和盐，把比利的脚放在自己的膝盖上，用热水泡了一个小时，可是比利依然没法吃饭。他请了当地的医生来给比利治疗，医生精心检查后，开了个温和的方子。尽管如此，麦克林还是一夜未眠，傻傻守在比利旁边看他睡觉。比利休息了一段时间之后，状态开始慢慢好转，等到早晨的时候他几乎完全恢复活力了，尽管还有一

点发僵。

"今天我没法正常工作了，"比利说，"但我想只耽误一天生意没什么。"

"什么意思？"麦克林问。

"唉，我有一些老客户，你知道的。西德尼·埃利斯和皮特·古德也都有他们的老客户，我们互相不抢生意。我的客户有丹尼尔斯先生、费希尔先生，还有许多人。如果你也住在丹佛，我就每天给你免费擦鞋。你要是住在丹佛就好了。"

"给我擦鞋？想都别想！你也不用给丹尼尔斯先生、费希尔先生或是其他人擦。"

"为什么，我的手艺可是一流的。"

91

看到麦克林激动的样子，比利有些吃惊，"我的年龄不够，现在还没法做其他的活。"

"我想去看看那个火车司机，"麦克林喃喃地说，"我不喜欢那个教你吸烟的朋友。"

"皮特·古德？为什么，他聪明得要命。你不觉得他很聪明吗？"

"聪明也没用。"麦克林说。

"皮特教给我和西德尼很多呢。"比利动情地说。

"我打赌是这样！"牛仔咆哮道。比利又被吓了一跳。事情没有这么简单，在这种情况下。对心烦意乱的牛仔来说，自打从到高登那天开始，这事儿

92

就越来越不简单了。比利恢复了元气，开始说话，无辜地吃饭。有那么一刻，牛仔曾聪明地想到，要把比利送回他无能又堕落的父母那里去。他想象着可能出现的画面：他怀着一颗宽恕的心，将比利送到勒斯克家门口，那个充满拳头和暴力的家庭。

"呸！"牛仔说，"要不了一个星期，那孩子又会离家出走的。而且无论如何我也不想让他待在那里。"

第二天，人们在丹佛街道的那个熟悉的角落看见了小擦鞋童，一如既往地做着擦鞋生意，但是在他的身边站着一个奇怪的高个子男人，他有着淡褐色的眼睛，总是沉着脸。人们还注意到，接

93

下来的那个礼拜，高个子男人和小擦鞋童一直形影不离，有时还会一块逛商店。男孩看起来喜不自禁，一直说个不停，而高个子男人却惜字如金，脸上也总是一副严肃的表情。

在新年前夕，州长巴克正在夏延市的希尔街上走着，牛仔从身后骑着马赶了上来。

"你好啊！"巴克先生说，滑稽地从眼镜后面看着牛仔，"大醉一场了吗？"

"我改变主意了。"牛仔露齿而笑，"我过了个很棒的圣诞。"

"这位是你的朋友吗？"州长问。

"这是比利·勒斯克先生。我们都一致认为那个城市住起来不怎么样。如

94

果法官亨利的陪审团主席和他的夫人愿
意收留他在森克湾住——嗯，我会解决
这个问题的。"

牛仔和他的小麻烦一起骑在马儿上
奔向了平原。

"祝你好运！"州长先生叹道。

95

图书在版编目（CIP）数据

牛仔麦克林的圣诞之旅/（美）欧文·威斯特著；
（美）弗雷德里克·雷明顿绘；陈村译.—杭州：浙江少
年儿童出版社，2016.10
（原典童书馆）
ISBN 978-7-5342-9448-8

Ⅰ.①牛…　Ⅱ.①欧…②弗…③陈…　Ⅲ.①儿童
文学-长篇小说-美国-现代　Ⅳ.①I712.84

中国版本图书馆 CIP 数据核字(2016)第 151405 号

责任编辑　刘元冲
美术编辑　赵　琳
封面设计　蜗特麦伦
版式设计　林　智
责任校对　苏足其
责任印制　阙　云

原典童书馆

牛仔麦克林的圣诞之旅
NIUZAI MAIKELIN DE SHENGDAN ZHI LÜ

［美］欧文·威斯特/著

［美］弗雷德里克·雷明顿/绘

陈　村/译

浙江少年儿童出版社出版发行
（杭州市天目山路 40 号）
浙江兴发印务有限公司印刷　　全国各地新华书店经销
开本 710×1000　1/16　环衬 1　印张 6.5　字数 52000　印数 1—10120
2016 年 10 月第 1 版　　2016 年 10 月第 1 次印刷

ISBN 978-7-5342-9448-8　　　　定价：18.00 元
（如有印装质量问题，影响阅读，请与购买书店或承印厂联系调换）